La hora de...

Maci Dessen

traducido por

Eida de la Vega

ilustrado por

Aurora Aguilera

Nueva York

Published in 2017 by The Rosen Publishing Group, Inc.
29 East 21st Street, New York, NY 10010

First Edition

Managing Editor: Nathalie Beullens-Maoui
Editor: Caitie McAneney
Book Design: Michael Flynn
Spanish Translator: Eida de la Vega
Illustrator: Aurora Aguilera

Cataloging-in-Publication Data

Names: Dessen, Maci.
Title: La hora de acostarse / Maci Dessen, translated by Eida de la Vega.
Description: New York : Powerkids Press, 2016. | Series: La hora | Includes index.
Identifiers: ISBN 9781508152187 (pbk.) | ISBN 9781499422863 (library bound) | ISBN 9781508152194 (6 pack)
Subjects: LCSH: Bedtime–Juvenile literature.
Classification: LCC HQ784.B43 D47 2016 | DDC 306.4–dc23

Manufactured in the United States of America

CPSIA Compliance Information: Batch #BS16PK: For Further Information contact Rosen Publishing, New York, New York at 1-800-237-9932

El sol se pone y empiezo
a tener sueño. Mamá
dice: ¡es hora de dormir!

Primero, tomo un
baño de burbujas.
¡Me gusta irme a
la cama limpia!

Después, como
algo ligero antes
de ir la cama.

Me gusta comer galletas
y tomar leche.

Me cepillo los dientes antes
de acostarme.

¡Tengo tanto sueño que
no paro de bostezar!

Papá me arropa con la manta.

Después, arropa a mi hermano Oscar.

Papá deja que yo elija un
libro para leer antes de dormir.
¡Tengo muchos libros!

Elijo un libro acerca de leones.

Mientras papá lee,
me empieza a
dar sueño.

Papá deja que Oscar elija un libro también.

Él elige un libro sobre dinosaurios.

Mamá y papá nos dan un beso.

Y nos dan las buenas noches.

"Buenas noches"
le digo a Oscar.
¡Ya es hora de dormir!

Palabras que debes aprender

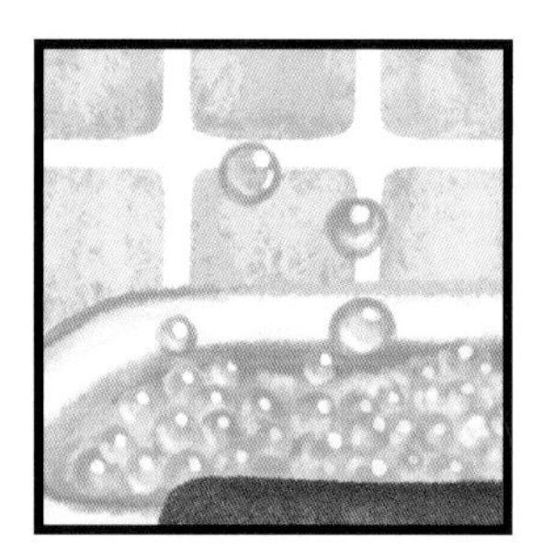

(las) burbujas

(el) dinosaurio

bostezar

Índice